Coordinador de la colección: Daniel Goldin
Diseño: Joaquín Sierra, sobre una maqueta
original de Juan Arroyo
Diseño de portada: Joaquín Sierra
Dirección artística: Mauricio Gómez Morín

A la orilla del viento...

Primera edición: 1994
Quinta reimpresión: 1999

LA CASA

imagin

D.R. © 1994, Fondo de Cultura Económica
Av. Picacho Ajusco 227; México, 14200, D.F.

ISBN 968-16-4038-1

Impreso en México

PILAR MATEOS

ilustraciones de
Mauricio Gómez Morín

aria

Capítulo 1

❖ Yo vivo en la buhardilla de un edificio muy especial que da al parque del Retiro, y, desde mi ventana, por una pendiente de tejados rojos y antenas parabólicas, se divisan las copas entrelazadas de los árboles, el brillo del lago donde montamos en barca y las luces del rayo láser que se proyecta de noche en el cielo cuando está abierta la discoteca.

Vine a instalarme en secreto a finales del verano, y no hay mucha gente que conozca la existencia de este refugio. Todo el mundo supone que vivo en una casa normal, con el frigorífico lleno de tarritos de yogurt, y docenas de calcetines deportivos puestos a secar en el tendedero del patio; que mi madre me obliga a cepillarme los dientes, como corresponde a una niña de mi edad, y me prepara el desayuno antes de llevarme al colegio: leche tibia con miel, algo de fruta y una buena ración de cereales.

Pero yo nunca desayuno leche con miel. Un día tomo fresas y manzanas, otro caramelos de naranja y otro rosquillas. Según lo que me encuentre en la nevera cuando me levanto. Luego me voy a clase y nadie sabe de dónde vengo. Un día me he duchado y me he puesto la camiseta limpia y otro no. Un día he aprendido la lección de historia y otro no. Esa es la ventaja de vivir en una casa como la mía. Puedes hacer lo que se te antoje. Y nadie te obliga a apagar la luz a la hora de dormir, ni a cerrar los balcones cada vez que hay tormenta.

Por eso prefiero pasar las tardes aquí, en vez de reunirme con mis amigos a ver grabaciones de video. Tampoco suelo asistir a las fiestas de cumpleaños; unas veces porque no me invitan y otras, porque no tengo muchos amigos, esa es la verdad. Hasta que apareció Valentina nunca había ido al cumpleaños de nadie. El año pasado ni siquiera estuve en el mío.

Valentina nos llamó la atención cuando llegó al colegio porque es negra y en mi colegio no había alumnos negros; además era mucho más alta que cualquiera de nosotros. Llevaba el pelo recogido en una trenza que le colgaba hasta la cintura. Y el primer día se dedicó a esquivar los tirones de los chicos más torpes con una habilidad que le granjeó la simpatía de toda la clase. No se enfrentó con ellos directamente. Se puso a hablarles de futbol y motociclismo, y se inventó que era amiga de ese campeón que sale en todos los periódicos. Ninguno consiguió tirarle del pelo y todos se quedaron tan contentos.

—Ésta sí que es una chica con la que se puede hablar —comentaron—, no como Claudia.

Y es que yo enseguida me pongo furiosa porque no aguanto las injusticias. "Claudia es una antipática", dicen.

Valentina, sin embargo, no parecía compartir esa opinión. Me prestaba su lapicero cuando yo olvidaba el mío en la vivienda secreta. Y me daba la mitad de su bocadillo si esa mañana, al abrir la nevera, no había encontrado nada para llevarme en la mochila, que a veces pasa. Y un día que me echaron de clase por protestar por las injusticias me defendió en voz alta delante del profesor. Ningún otro compañero se hubiera atrevido a hacerlo.

Todo esto, Valentina lo hacía discretamente, sin darse importancia. Y de no haber sido porque la felicitó la profesora, nadie se hubiera enterado que era la que mejor dibujaba de la clase, después de mí.

No hay ninguna razón para que oculte que mis dibujos son bastante buenos. Lo que mejor me sale son los autobuses y los quioscos de periódicos.

A Valentina, en cambio, se le da muy bien el dibujo lineal.

—No tiene mucho mérito —dijo—, porque mi padre es pintor.

Zacarías Clemente, el que lanza unos silbidos que hacen tiritar los muebles, tiene un padre detective. Hay otro padre que es domador de osos, pero ya se ha jubilado. Los demás son comunes y corrientes. Algunos ganan cantidades fabulosas de dinero y procuran por todos los medios que se les note. En cualquier caso, el padre de Valentina es el único pintor.

—¿Y qué pinta? —le pregunté.

—Figuras —me dijo—; gente de la ciudad. Mi padre es tan joven que a menudo lo toman por otro hermano. Pero ya ha recorrido el mundo entero con los pinceles en el bolsillo.

No sé por qué, en vez de imaginármelo recorriendo el mundo con los pinceles en el bolsillo, me lo imaginé en un primer plano en la pantalla de televisión.

—¿Es famoso?

—No.

Me defraudó. A los del colegio nos gustan los personajes famosos. Nos echamos encima de ellos a empujones para verlos de cerca. Les pedimos autógrafos. Y algunas veces nos enteramos de lo que hacen. A mí, además, me gustan los cuadros.

—¿Quieres verlos? —ofreció Valentina.

A la salida de clase nos metimos por una calle con bulevar, casi a espaldas de mi buhardilla. Doblamos unas cuantas esquinas y llegamos a un edificio antiguo que tenía en la fachada un sinnúmero de balconcillos menudos, sostenidos por un cuenco en forma de caracola. Y con multitud de flores enredándose en las rejas.

La propia Valentina abrió el portal con su llave después de llamar al timbre.

—No hay nadie —dijo.

Me extrañó que, en lugar de tomar el ascensor, nos dirigiéramos hacia el sótano por la escalera interior. Un pintor necesita la luz del día para trabajar. Había colchones tendidos por todas partes; una cocina eléctrica y una cesta con huevos; algunos cacharros apilados y un viejo fregadero en un rincón. Pero estas cosas las vi más tarde. Al principio sólo me fijé en los colchones.

—¿Cuántos hermanos tienes?

—Cinco.

Recordé a otra niña negra del jardín de niños y a un chico de un curso superior. Miré por todo el recinto buscando cuadros fulgurantes; los colores vivos de las calles de la ciudad; las figuras variopintas que el padre de Valentina había captado en sus recorridos por el mundo. Y ella lo sacó de debajo de una cama. Una pintura áspera y sombría que sugería una selva intrincada, con alimañas al acecho.

—Aquí están todos —dijo.

—¿Todos?

La miré sin comprender. Apoyó el cuadro contra la pared y se sentó en el borde del colchón.

—No tiene dinero para comprar lienzos —me explicó—, así que pinta sus cuadros unos encima de otros.

—¿Unos encima de otros?

Por nada del mundo hubiera echado yo a perder el apunte que hice del estanque del Retiro. Por nada del mundo hubiera emborronado el dibujo de la feria del libro, con la gente haciendo cola en el puesto para conseguir un autógrafo de Miguel Delibes.

No pudimos hablar mucho. Enseguida llegaron sus hermanos y ya no nos dejaron tranquilas.

Al día siguiente Valentina no fue al colegio. El sábado y el domingo me los pasé, como de costumbre, en la casa imaginaria, donde siempre tengo mucho qué hacer. Por la ventana del cuarto de estar se puede salir al tejado; allí doy de comer a los gatos y a las palomas, en turnos separados, y he puesto unas macetas con geranios colgantes de flores blancas.

El interior no es gran cosa. Mi dormitorio está en la zona donde las vigas descienden hasta tocar el suelo. La cama es de mimbre, coloreada en verde, y el armario tiene tantos cajones que nunca me ha dado tiempo de ordenarlos todos. En lo alto del techo hay una claraboya por donde se ve el cielo y el agua discurre como una torrentera en los días de lluvia.

Lo que resulta más curioso es la puerta de madera que se encuentra al fondo, pasando el recoveco donde guardo el telescopio; la única puerta que hay en la casa. He tratado de abrirla más de una vez, pero está cerrada con llave y yo no la tengo. En los ratos perdidos me dedico a mirar por el ojo de la cerradura. Y da la sensación de que al otro lado no hay más que telarañas y trastos viejos. Al comienzo de la primavera se notaba un fuerte olor a aceite de linaza. En otras ocasiones, no se sabe por qué, huele a una mezcla de insecticida y yerbabuena, como el gel que utilizaba para bañar a mi perro.

Ese olor llegó a intrigarme de tal modo que se me ocurrió la idea de forzar la cerradura. Y, como en este tipo de casas no suele haber herramientas, bajé a comprar un destornillador. En cuanto salí a la calle me di cuenta de que era domingo y en las tiendas no trabajaban. Entonces eché a andar hacia el parque del Retiro, sin sospechar, ni por un momento, que iba a reunirme tan pronto con el padre de Valentina.

Allí fue donde lo encontré. En la plazuela que hay junto al estanque; entre los pintores que trazan sus dibujos directamente

sobre el asfalto; en medio del bullicio de los músicos y de los bailarines enmascarados que improvisan piruetas en rojo y blanco.

Lo reconocí nada más verlo. Y era verdad que tenía el aspecto de un chico terco y desaliñado. Él no había pintado en el suelo las figuras amables que atraían la atención de la gente, los rostros plácidos de las vírgenes y los ángeles rubios, sino que exhibía un único lienzo donde la luz se abría paso a zarpazos entre la espesura de una selva inquietante. Y eran muy pocos los que se detenían a contemplarlo. Un hombre flaco, de labios apretados, mostraba cierto interés en adquirirlo, pero encontraba el precio desmesurado.

—Es toda mi obra la que está en venta —le explicaba el pintor—. Se lleva usted el *Retrato de Valentina*, el de *Los niños en la playa* y el de *La mujer dormida al pie del abedul*.

Todavía enumeró algunos más, y los que lo rodeaban empezaron a tomarlo por loco, porque oían hablar de muchos cuadros y no veían más que uno.

—¿Dónde está el *Retrato de Valentina*?

—Debajo de éste.

Un niño fue corriendo a mirar detrás del cuadro.

—¿Y el de *La mujer dormida al pie del abedul*?

—Lo pinté encima de *La mañana del domingo*.

De los que estábamos allí, el niño era el más perplejo; algún otro se reía abiertamente queriendo hacernos partícipes de la burla. El comprador meneó la cabeza y no supe si aquel gesto denotaba desprecio o compasión. Iba a alejarse, pero una nueva mirada al cuadro de la selva lo retuvo en el sitio.

—Yo sólo quiero comprar este cuadro —insistió—. Ninguno más. Éste es el único que quiero.

—Van todos juntos —dijo el pintor.

El hombre flaco perdió la paciencia con él y tachó de locura su pretensión de vender unos cuadros que nadie tendría ocasión de admirar, que, tal vez, nunca hubieran existido. Sin decir palabra, el pintor se puso el lienzo bajo el brazo y echó a andar entre los jardines.

Nuestro pequeño grupo se deshizo entre comentarios burlones. Yo no me moví. Me hubiera gustado quedarme con el cuadro; colgar en la casa imaginaria, y en tan pequeño espacio, tantas pinturas misteriosas. Nadie podría decirme que no eran buenas. Pero yo no tenía dinero para comprarlo, y los demás no parecían dispuestos a invertir el suyo en cuadros invisibles, por hermosos que fueran. Qué hombre obstinado. Lo vi alejarse por el sendero, con pisadas laboriosas, y dar la vuelta al fondo para desandar camino. Su aspecto era, más que nunca, el de un muchacho afligido y sin porvenir.

Una semana más tarde, Valentina me contó, en el colegio, que su padre había dejado definitivamente de pintar. Se había dado por vencido después de deambular por el parque, día tras día, sin haber conseguido vender ni uno solo de sus cuadros; ni *La mujer dormida al pie del abedul*, ni el *de Valentina estudiando su lección*, ni *La mañana del domingo*. Ninguno. De modo que había empeñado su caballete y había empezado a trabajar como vigilante nocturno en un edificio que están construyendo en la calle del Pez Volador.

Y ocurría algo extraño. A pesar de que ahora disponían de dinero para comprar mandarinas y verduras congeladas, todos los miembros de la familia habían sufrido una penosa transformación. De alegres que eran, y solidarios, se habían convertido en unos seres taciturnos y desconsiderados. En el sótano de la casa de cien balcones ya nadie coreaba los viejos cantares traídos a través del

océano de su remoto país; apenas conversaban, porque el mundo se había vuelto tan espinoso que el roce de una palabra bastaba para arañarles la piel. Cegado por las imágenes que se le agolpaban en los ojos, su padre no había vuelto a dirigirles la mirada.

Fue entonces cuando hablé a Valentina de la casa imaginaria, y le di el nombre de la calle y el número donde se encuentra.

Ella me escuchaba boquiabierta, porque no se había figurado

que se pudiera vivir en una casa imaginaria, donde los padres no están peleándose a toda hora y los hermanos mayores no se ponen furiosos porque se te haya ocurrido tomar prestado el helado de chocolate que tenían guardado en el congelador.

—¿Tampoco se reciben las calificaciones del colegio?

—Desde luego que no. Ni es necesario que ordenes tu habitación, porque, en cualquier caso, nunca te da tiempo de abrir todos los cajones del armario, aunque te pases la tarde entera sin hacer nada.

En las buhardillas como la mía suele vivir una niña solitaria que da de comer a los gatos del tejado. Y aunque son una multitud, ella los conoce a todos por sus nombres; incluso a cada uno de los cuatro rojitos que salieron idénticos de la misma camada.

—¿Y yo podré ir a tu casa?

—Ya veremos —dije—. Lo pensaré. ❖

Capítulo 2

❖ FUE LA PROPIA Valentina quien tomó la decisión de venir a casa un viernes por la tarde, cuando salíamos del colegio bajo una lluvia menuda y confidencial. Y yo no había notado que ese día parecía más triste que de costumbre.

—Hoy no es un día cualquiera —me dijo—. Invítame a tu casa.

Me quedé mirando a dos chicos del grupo, Zacarías Clemente y el del padre domador, que se habían puesto a jugar en la acera ante la expectación de los transeúntes. Y aproveché la juerga que se traían para cambiar la conversación.

En las casas imaginarias no se acostumbra recibir amigos. No están preparadas como las otras. Ni siquiera tengo un televisor para pasar el rato y sólo hay una mecedora donde me siento yo. Además es frecuente que el ascensor se estropee y haya que subir los siete pisos andando. Y lo peor es cuando te quedas atrapada entre el tercero y el cuarto, mientras los gatos se comen los geranios colgantes, se mezclan con el turno de las palomas y te echan a perder, en un minuto, el equilibrio ecológico del tejado.

—Invítame —insistió Valentina—. Hoy es mi doblecumpleaños.

Ella dijo doblecumpleaños, pero yo entendí cumpleaños, simplemente, por esa manía de escuchar sólo a medias. Me di cuenta, en cambio, de que estaba atribuyéndose más edad de la que tenía.

—¿Cuántos dices que cumples?

—Doce —respondió Valentina—. Dos más que el año pasado.

Me explicó que había decidido cumplir dos años cada vez porque tenía prisa en hacerse mayor y no quería andar perdiendo el tiempo a lo tonto de año en año, de manera que al siguiente cumpliría catorce y enseguida los dieciséis. Con ese método esperaba obtener el permiso de conducir mucho antes que su hermano mayor.

—Pero en mi casa nadie tiene ganas de celebrar cumpleaños —añadió—, por eso se me ha ocurrido celebrarlo en la tuya.

Así como el padre trabajaba en turno de noche, la madre de Valentina dedicaba la jornada a limpiar varios comercios de la zona. Y a ella le correspondía cocinar para toda la familia. En cuanto al hermano mayor, su única ocupación consistía en comerse catorce mandarinas diarias, sin dejar ninguna a los demás.

—De acuerdo —accedí—. Lo celebraremos en mi casa.

Pero ese día, precisamente, volvió a estropearse el ascensor. Yo me había adelantado al entrar, porque las casas imaginarias no se localizan con tanta facilidad como las otras, y los ascensores suelen estar en esos recovecos tenebrosos por donde nadie quiere aventurarse. Y ya al ponerlo en marcha noté ese zumbido que anuncia las catástrofes.

Subimos con normalidad hasta el tercer piso y nada más rebasarlo el ascensor se paró en seco.

—¿Ahora qué hacemos? —se inquietó Valentina.

Se había atado la trenza con un pañuelo de lunares grises, a juego con el suéter, para celebrar su doblecumpleaños. Y yo creo que también le habían crecido algo los ojos.

—Esperar —le contesté.

Porque yo tengo una larga práctica en incidentes como éstos. Y me senté en mi rincón preferido a contarle la historia de Sirio, mi perro dálmata, que murió atropellado por un coche el año pasado, cuando salíamos del Retiro. Pero ella no me prestaba atención.

—Será mejor que llamemos al timbre de alarma para que venga el conserje.

¿Qué conserje? Ésta es una de las razones por las que resulta complicado traer invitados a las casas imaginarias. Hay que empezar por explicarlo todo.

—En las casas imaginarias no hay conserjes.

—¿Y vecinos?

En eso no había pensado. Yo no me había encontrado con ninguno. Y, en cualquier caso, seguro que no se trataba de esa clase de vecinos que te preguntan por los estudios en las escaleras y acuden a rescatarte con una llave inglesa cuando te quedas atrapada en el ascensor.

—¿Y quién va a sacarnos de aquí?

Por toda respuesta el ascensor se estremeció, volvió a detenerse como para tomar aliento y salió disparado hacia el séptimo. No había acabado de llegar cuando inició el descenso, para emprender de nuevo la subida a toda velocidad. Valentina, entre tanto, iba poniéndose cada vez más pálida; del negro nigeriano pasaba al mulato habanero, y el suyo llegó a parecer un simple moreno de playa, como si hubiera estado unos días tomando el sol.

—Claudia —me reprochó—. Tú no estás jugando limpio.

Como si la culpa fuera mía. No se hacía cargo de lo difícil que resulta controlar esta clase de ascensores. No están engrasados como los otros ni se someten a revisiones periódicas. No se comportan con la misma responsabilidad, por así decirlo. Y nunca sabes con certeza a dónde van a llevarte.

Intenté explicárselo a Valentina, pero no me prestaba atención. Y en cuanto nos detuvimos se precipitó hacia las escaleras, dejándome con la palabra en la boca. Justo en ese momento se fue la luz.

—Y ahora a oscuras —protestó—. ¡Ya está bien!

Ninguna de las dos llevábamos cerillas ni se nos había ocurrido meternos una linterna en el bolsillo para casos de emergencia. Bajo la luz mortecina que llegaba desde el patio, Valentina me seguía, pegándose a mí como un remordimiento.

—Se habrán fundido las bombillas —aventuró.

—Que yo sepa, en las casas imaginarias las bombillas no se funden.

Es verdad. Yo nunca he tenido que cambiar una bombilla ni desatascar un fregadero. Y si descubro una invasión de mariposas azules dentro de la tetera, no se me ocurre combatirlas con insecticida. Hay que entender cómo funciona esto.

—¿En qué piso estamos?

—En el cuarto.

Antes de llegar al quinto Valentina se pegó un tropezón. Se puso tan furiosa que se negó a seguir andando.

—Estás haciendo todo lo posible para que no suba a tu casa.

—¿Pero qué he hecho yo?

—Estropear el ascensor y fundir las luces de la escalera. ¿O crees que no me he dado cuenta?

Y yo no lo había hecho adrede. Son cosas de la imaginación, le expliqué. Una nunca sabe por dónde va a salir. Recuerdo perfectamente el día que me encontré a Drácula sentado en la mecedora del cuarto de estar. ¿Iba a querer yo que Drácula estuviera allí, quitándome el sitio? Pues claro que no. Pero allí estaba el tipo, con mis audífonos puestos, balanceándose para atrás y para adelante al ritmo de la música. ¿Qué iba a hacer yo? Tuve que subirme al tejado y quedarme con las palomas hasta que se marchó.

—No me hables de Drácula ahora —suplicó Valentina.

Y alguna razón misteriosa la empujó a ponerse en movimiento con tal rapidez que ganó los últimos pisos delante de mí, certera como una gata y sin un tropiezo. Salvó el tramo que lleva a la buhardilla y se quedó esperándome ante la puerta.

—¿Habrá luz?

—Siempre hay luz. Lo que se estropea con más frecuencia es la ducha; sobre todo cuando estoy cansada y no tengo deseos de bañarme.

Como me había figurado todas las lámparas del interior estaban encendidas, y el sol poniente se reflejaba en los cristales de la ventana con destellos dorados que atravesaban, como lanzas, el cuarto de estar. No podía decirse que las cosas estuvieran en orden. Había libros de cuentos tirados por todas partes y los carteles de animales que terminé de dibujar la semana pasada. Encima de la caja de música se veía la cáscara de una mandarina, arrugadita y consumida como si fuera de cartón.

—No sé por qué está tan revuelta —comenté—. Las casas imaginarias se ordenan solas.

Y así fue. Cuando volvimos de lavarnos las manos, todo presentaba una apariencia ordenada y limpia; los libros ordenados sobre la estantería y un florero con tres anémonas frescas encima de la mesa. Ni rastro de desperdicios atrasados. Junto a la mecedora había un taburete de madera, paticojo, que dos minutos antes no estaba allí.

—No es muy cómodo —opinó Valentina—. Hubiera preferido una mecedora como la tuya.

Lo decía como echándome en cara que no hubiera querido ofrecerle un asiento más confortable. Seguía pensando que yo lo hacía a propósito, porque no me gustaba que se hubiera entrometido en mi casa imaginaria.

—El cuarto de estar es demasiado pequeño —añadió—. Ni siquiera cabe un piano.

Por lo visto tenía la intención de meterme allí un piano para practicar escalas y estudiar sus lecciones, porque, de mayor, no quiere ser una de esas personas que se arrepienten de no haber aprendido a tocarlo cuando eran niños.

Lo que más le atraía era la claraboya del dormitorio; contemplar, a través de ella, el revoloteo de los pájaros en la algarabía que forman a la puesta de sol; los tintes rojizos que iban cobrando las nubes; malvas, casi verdosos. Cómo se adivinaba apenas, recostado sobre una torre, el pálido esbozo de la luna.

Por lo demás, se notaba a leguas que la buhardilla la había defraudado. Miraba tristemente mi suelo de mosaicos, blanco y negro, con dos baldosas partidas en una esquina y tan frío que te obliga a dar saltos cuando vas descalza.

—Yo esperaba otra cosa —comentó.

—¿Qué cosa?

Candiles de cien bujías que tuvieran la transparencia de los diamantes. Alfombras sembradas de flores con dragones pequeños

adormilados sobre la hierba. Y esos divanes interminables, blancos como la espuma, donde naufragar entre almohadones de seda.

—Ni siquiera hay una video —observó Valentina.

Tomó la caja de música y levantó la tapa con la esperanza de oírla sonar; pero casi nunca tiene cuerda.

—Sería estupendo que hubiera una pantalla gigante de televisión —siguió diciendo—, teléfonos portátiles y cadenas musicales en todas las estancias. Y por no haber, ni siquiera hay estancias. Esto es una habitación vulgar y corriente.

Entonces abrió la nevera. Tiró de la puerta y el aire frío la congeló como un fotograma, los dedos en la manilla y la cabeza adelantada. No podía creerse que dentro sólo hubiera un par de porciones de queso y algún envase de naranjada.

—¿Y no hay nada más? —preguntó.

Estaba soñando con bombones como piedras preciosas envueltos en oro y esmeralda, con montañas de tartas de crema, chorreando arroyos de merengue y cataratas de chocolate; con verdaderos castillos de helado de fresa; y todo lo que le ofrecían era un refresco de naranja, que ni siquiera contenía fruta al cien por cien.

—¿Ésta es la nevera de una casa imaginaria? —gimió—. ¡Ésta es la nevera de un pintor sin éxito!

—Yo no puedo hacer nada —me defendí, porque a buen seguro que ya estaba echándome la culpa—. Yo no me ocupo de ir al mercado. Cuando tengo hambre vengo a echar un vistazo. Como lo que me encuentro.

—Lo que te imaginas —rebatió indignada.

Estaba indignada al pensar que tendría que celebrar su doble-cumpleaños con una porción de queso. Me di prisa en tomar la mía.

—Yo no mando en mi imaginación, para que lo sepas.

—¿Cómo que no?

—Como que no. A ver si crees que la imaginación es un mando a distancia. Ahora conecto con un campo de golf y luego con un programa sobre las costumbres de los pelícanos.

—Exactamente —insistió Valentina, pasando por alto los matices—. Tú te imaginas lo que quieras.

—¿Lo que quiero? ¿Iba a querer yo que Drácula viniera a sentarse en la mecedora, mientras yo estaba regando los geranios, y se pusiera a oír música con mis audífonos?

—Que no me hables más de Drácula —dijo Valentina.

Se comió el queso a regañadientes y se bebió su refresco.

—Encima, de naranja. Cuando sabes de sobra que lo prefiero de manzana.

Fue al salir de la cocina cuando descubrió la puerta de madera que hay junto al dormitorio, detrás del recoveco. Inmediatamente trató de hacer girar el picaporte.

—¿Adónde lleva?

—No sé. Yo creo que da a un trastero.

—Déjame la llave —pidió.

Me costó mucho trabajo hacerle entender que yo no tenía la llave.

—¡Eso no es posible! —exclamaba con aspavientos de asombro—. ¡Te imaginas una puerta y te la imaginas cerrada!

—Yo no me la he imaginado. La puerta ya estaba aquí cuando yo llegué.

—¡Pero está cerrada!

—¿Y qué iba a hacer yo?

—Abrirla.

—Si no tengo la llave.

Valentina se sentó en el suelo contra el batiente, los codos sobre las rodillas, la cara entre las manos; una expresión de abatimiento a todas luces fuera de lugar.

—Si yo viviera en una casa imaginaria —iba diciendo—, y en la casa imaginaria hubiera una puerta misteriosa, lo primero que habría hecho sería dejar la llave puesta en la cerradura.

Pero no tenía paciencia para lamentaciones inútiles. Enseguida se levantó con actitud resuelta.

—Si dispusiera de una herramienta, intentaría forzarla.

—Valentina —observé—, tú no puedes meterte en esto. Las casas imaginarias son de uso particular. Tú no puedes instalar un piano en el cuarto de estar, ni poner candiles de cien bujías ni abrir puertas que no tienen llave.

—Ya lo veremos —dijo. Se había agachado de nuevo a atisbar por el ojo de la cerradura—. Hay un montón de muebles viejos.

—Y telarañas —dije yo.

—Eso parece un cuadro sin enmarcar.

De súbito se apartó de la puerta y se volvió a mirarme de una manera insistente y al mismo tiempo desviada, como si en realidad no estuviera mirándome o no me reconociera.

—¿Hay un espejo ahí dentro?

—Que yo sepa, no.

—¡Qué raro! —exclamó. Y se quedó inmóvil, con los pensamientos como acorralados y ese aire de desvelo que nos provoca el misterio—. He tenido la sensación de verme a mí misma .

Creí que alucinaba, porque yo no esperaba encontrar nada sorprendente detrás de la puerta. Contra lo que pueda suponerse, la gente imaginativa no carece de sentido común.

—Te habrás reflejado en el metal de la cerradura.

Entonces, con esa facilidad para pasar de un estado de ánimo a otro y esa determinación que le hacía crecerse ante los obstáculos, la cara de Valentina cobró una expresión resuelta y sus ademanes se volvieron certeros. Yo no había sospechado que fuera tan batalladora.

—Claudia —me informó—, tú no la has buscado bien. Esa llave tiene que estar en alguna parte.

Y en cuestión de un momento puso las habitaciones patas arriba; arrastró muebles, zarandeó colchones, volcó las jarras, investigó los cuencos. Y se tomó el trabajo de abrir, uno por uno, en perfecto orden y hasta llegar al último, los innumerables cajones de mi armario. El brillo de sus ojos se anticipaba al triunfo.

—Seguro que está aquí.

No se equivocaba. Entre los objetos inesperados que fueron apareciendo en los interiores, miniaturas de los sueños, caprichos, antojos de una tarde, nos apresuramos a retener un llavero, en forma de argolla, con tres llaves de hierro pulidas por el uso. Las tres de cabeza redonda, con las mismas ondas en el peinado, el mismo quiebro en la cintura y las mismas mellas en la sonrisa.

Y aunque era imposible diferenciarlas a simple vista, elegimos sin vacilar una de ellas. Introdujimos la primera llave en la cerradura y la puerta cedió. ❖

Capítulo 3

❖ SIN UN chirrido, como si los goznes estuvieran recién engrasados, la puerta fue abriéndose con docilidad y me pareció escuchar, detrás de ésta, el rumor de un movimiento furtivo y apresurado, como el de un animal que se esconde.

—¿Has oído?

—Es sólo un ruido —dijo Valentina. Y ella pasó delante.

Tanteamos en vano buscando el interruptor de la luz y no encontramos instalación eléctrica. Grandes bloques de sombra se nos pusieron en contra; oscuros gigantes al acecho bajo la débil claridad que se filtraba por las vigas.

—Son muebles —me dije en voz alta.

Los bultos iban surgiendo como a tirones de la penumbra, definiendo su utilidad, y a cada paso que dábamos las telas de araña se nos venían a la cara y se nos enredaban en el pelo. Una profusión de olores diversos me devolvía, a ráfagas, acontecimientos pasados; aquel olor a insecticida y yerbabuena que despedía mi perro después del baño.

—Cuidado —advertí a Valentina.

Y fue a tropezar de todos modos en el mismo sitio que yo, con el mismo cesto de mimbre camuflado en lo negro. Era mi cesto de los juguetes.

Poco a poco fuimos entreviendo las figuras rechonchas de las neveras antiguas; los televisores daltónicos que nos contaban el mundo en blanco y negro; las viejas máquinas calculadoras que habían ido perdiendo la memoria al paso de los años.

—Dos televisores —comentó Valentina—. En mi casa no hay ninguno.

Las hojas amarillentas de los periódicos se amontonaban por los rincones como en los parques en otoño. El entrañable regazo del sillón de orejas volvió a brindarme cobijo.

—Aquí era donde me quedaba dormida —le dije a Valentina.

Ella no me prestaba atención. Miraba distraídamente la cantidad de enseres que se acumulaba a nuestro alrededor; las pesadas maletas y los baúles en desuso; los cuadros sin enmarcar apoyados de cualquier manera contra las vigas. Entre la mezcla de olores diversos volví a distinguir la ráfaga oleosa que me llegaba de cuando en cuando a través de la puerta. Y reconocí el olor de la pintura fresca.

—¡Mira! —exclamó de pronto Valentina.

Y en su voz había tanto ímpetu que me arrastró con ella como una ráfaga de viento.

—¡Es el reloj de las buenas horas!

Lanzando un grito de entusiasmo, se arrancó como un toro quién sabe hacia dónde entre un estrépito de muebles desplazados y trastos voladores. Una nube de polvo fue persiguiéndola con los brazos extendidos.

—¡La correa es de plástico verde! ¡Está rota por el mismo sitio!

Lo mostraba con el aire triunfante de quien acaba de hacer un gran hallazgo; un reloj de pulsera barato, anticuado y sin brillo.

—¡Es idéntico!

Y por la medida de su alegría, se hubiera dicho que se trataba del mismo reloj de las buenas horas con el que su padre acostumbraba a premiarlos, a ella y a sus hermanos, cuando se portaban como era debido.

—¿Y si os portabais bien todos al mismo tiempo?

Entonces lo usaban por turno, me explicó Valentina, dado que los relojes de esa clase no se adquieren en las tiendas normales. De hecho, nunca había encontrado otro reloj que gozara de la rara cualidad de transformar las horas, la gente, hasta los paisajes.

—Tenías derecho a usarlo un día entero. Y ese día era diferente de los demás. La gente te invitaba por la calle palomitas y helados de fresa. Te volvías más simpático y más generoso. Jamás te regañaba un profesor cuando lo llevabas puesto.

—¿Aunque no te supieras la lección?

—Ese día te sabías las lecciones mejor que nadie.

—¿También?

Se trataba verdaderamente de un reloj admirable. Nadie lo

habría sospechado si era tan vulgar y tan feo como el que estábamos contemplando.

—¡Y mira! —señaló Valentina—. ¡La correa está cosida con una grapa!

Sus gritos resonaron en la buhardilla de una manera extraña. Despertaron los susurros dormidos bajo los colchones y los ecos antiguos arrumbados contra las paredes.

—¡Se la cosí yo!

Era verdad que alguien había sujetado el plástico verde, a punto de desprenderse, con una grapa de metal. Pero eso no significaba ni mucho menos que hubiéramos encontrado el reloj de las buenas horas.

—Es el mismo —me aseguró Valentina.

Yo no lo creí. Intenté hacerlo funcionar y vi que la cuerda estaba saltada. Las manecillas sugerían una gracia de libélula.

—No anda —observé.

—Nunca anduvo —dijo Valentina—. Había que ponerlo en hora cada rato.

Estaba moviendo las agujas de número en número y sin saber en dónde detenerse, porque habíamos perdido la noción del tiempo o el tiempo nos había perdido a nosotras. Me miró como si estuviera llamándome por mi nombre. Su voz tenía ese tono apremiante que da la calentura.

—Te digo que es el mismo.

Allí donde nos encontrábamos el aire parecía germinar como el agua estancada. Ningún ruido llegaba del exterior. Nada nos conectaba con el día.

—No puede ser —le dije.

Y ella guardó silencio, porque sabía igual que yo que lo que aseguraba era imposible; que el reloj de sus buenas horas se había quedado muy lejos, perdido entre los recuerdos de una ciudad pequeña, en un país remoto, allende el mar.

—Y sin embargo...

Entonces volví a escuchar con toda claridad un rumor cauteloso; un aliento de vida resguardado en cualquier recoveco, al amparo de la oscuridad.

—¿Lo has oído?

Valentina contuvo un momento la respiración y se quedó inmóvil. Trataba de prestar atención pero no lo conseguía porque estaba buscando la respuesta a sus propios interrogantes.

—No sé —dudó. Contestándose más a sí misma que a mí.

—¿No habrá ratones? —apunté.

—No. Si hubiera ratones se habrían comido los libros y los cuadros.

Los cuadros, dijo.

Lo descubrimos de repente, abandonado contra las vigas, como un fogonazo de belleza que dejó en la sombra todo lo demás. Y era ella misma la reproducida; la imagen que minutos antes había entrevisto por el ojo de la cerradura, cuando había creído reflejarse en un espejo;

el cuadro de Valentina estudiando su lección, sentada en el suelo, con las piernas cruzadas y el libro en las manos, casi vuelta hacia la luz de la ventana; un atisbo de desorden doméstico alrededor.

—Soy yo —dijo Valentina—. Eso no puedes negarlo.

La oí como de lejos, deslumbrada por las luces del cuadro, admirando sus veladuras con una mezcla de fervor y desaliento que echaba por tierra mis ilusiones de porvenir. Por mucho que lo intentara, yo nunca sería capaz de pintar así.

—Es del año pasado —comentó Valentina—. Estoy casi igual. La trenza un poco más corta y la falda un poco más larga. Es uno de los últimos que pintó mi padre.

Alcanzó otro de los que se alineaban contra las vigas y lo puso frente a mí para mostrármelo.

—Éste es mi preferido.

Y sin saber cómo, me encontré inmersa en el colorido de las calles de la ciudad, paseando entre su gente, al aire ocioso de una mañana dominical. Junto a un grupo de chiquillos desnudos, corrí a tenderme en la arena de la playa. Y al pasar por el bosque cercano, tuve el cuidado de atemperar la marcha para no estorbar el sueño de una mujer morena, que dormía confiadamente al pie de un abedul.

Eran los cuadros invisibles que el padre de Valentina había ido sepultando, uno tras otro, bajo los trazos desesperados de su pintura.

El cuadro de la selva no estaba allí.

—¿Y esto qué significa? —acerté a preguntar.

—No significa nada —dijo Valentina, que no había entendido

el matiz de mi pregunta—. Lo único que yo hacía era preparar un examen mientras él dibujaba. Le quedó muy bonito y mi madre le suplicó que no lo echara a perder, pero hace unas semanas pintó encima el cuadro de la selva.

—¿Cómo han venido a parar aquí?

Estábamos en el cuarto trasero de mi casa imaginaria, donde ninguna otra persona podía entrar sin que yo le franqueara la puerta.

—Y se supone que estos cuadros no existen —añadí.

—Existieron —puntualizó Valentina.

Las dos enmudecimos. El silencio se nos posó en la piel como un pájaro aterido. Me fijé en el resplandor que se filtraba por las vigas y vi que seguía brillando con la misma intensidad, aunque hacía largo rato que debía haberse puesto el sol y las sombras de la noche habrían empezado a tenderse sobre los tejados.

—¿Qué es lo que está pasando?

Entonces, con la unanimidad de los acuerdos secretos y la misma prisa por descifrar jeroglíficos, investigamos el interior de los muebles y las traseras de los divanes, abrimos los baúles, descerrajamos las maletas y surgieron allí los primeros libros de la infancia, los que releí cien veces en horas prohibidas, con las portadas luminosas del primer día y ese olor a tinta fresca y papel reciente que me hacía recuperar los más lejanos acontecimientos escolares. Aparecieron, sugerentes y lozanas, con las puntas sin estrenar, aquellas pinturas de cera que gasté hasta las yemas de los dedos. El teléfono rojo de las conversaciones fantásticas, que nunca daba la señal de ocupado. Y, lo más curioso de todo; la lámina de dibujo, que Sirio me echó a perder cuando era un cachorro, aún conservaba las huellas de sus patas y las señales de sus dientes desgarrando el papel.

—¿Adónde vas? —preguntó Valentina.

—A mirar el cesto.

Pero me paré en seco antes de llegar a tocarlo, las manos tendidas y la cintura doblada hacia adelante. El aliento no me alcanzó para llamar a Valentina.

El cesto de los juguetes estaba oscilando solo, con un vaivén irregular que fue cediendo lentamente sin que yo saliera del estupor.

Por algún recoveco, donde la luz no llegaba, resonó con viveza la voz de Valentina.

—¡Aquí hay una puerta!

Entonces volvió a agitarse con una sacudida brusca, como un vuelco del corazón que lo dejó temblando.

—¡Aquí! —precisó Valentina—. ¡Detrás de la columna!

Yo no me moví. Mantenía la mirada clavada en el cesto y tuve la seguridad de que algo rebullía en su interior con el alboroto de un corazón impaciente. Sin darme tiempo a las adivinanzas, un ladrido tierno y culpable me levantó de golpe la marejada de los sentimientos. El resto de mi sentido común desapareció en el oleaje.

—¿Qué pasa? —preguntó Valentina.

—¡Es Sirio!

Me abalancé como un vendaval a sacar las tripas al milagro,

derribando construcciones de madera, descarrilando trenes, espantando bandadas de cromos, ahuyentando conejos de gomaespuma y jirafas de terciopelo.

—¡Sirio!

Estaba allí, con la vida en sazón y los ojos acurrucados bajo un tapete de fieltro, el más inteligente de los cachorros, el amigo querido que había aliviado mis desconsuelos de infancia, multiplicando generosamente las alegrías.

—¡Está aquí, Valentina! ¡Está aquí!

Me abrazaba a él sin parar de reír, aspirando el rastro entrañable a insecticida y yerbabuena; los dos saltando, lamiéndonos, ladrando entre una humareda de polvo y telarañas.

—¡Es Sirio!

Y no me daba cuenta de que Valentina se había quedado fuera del círculo mágico donde nos habíamos reencontrado mi perro y yo.

—Estaba escondido en el cesto de los juguetes —le expliqué—. Me ha estropeado un dibujo y tenía miedo de que le regañara.

Pero allí, fuera del círculo mágico, la explicación que yo daba no resultaba tan convincente.

—No, Claudia —dijo Valentina.

Su actitud traslucía una firmeza desacostumbrada, porque

acababa de hacerse dos años mayor y estaba aprendiendo a afrontar la realidad.

—Sirio se murió. Lo atropelló un coche a la salida del Retiro. Me lo has contado muchas veces.

Oí sus palabras a pesar mío. Me escocía la piel de las manos, húmedas de lametones y dentelladas blandas. Sentía el tacto cálido del pelo, la presión de sus patas en mi pecho, la mirada insobornable de Sirio escrutando cada uno de mis gestos.

—¿Pero no lo estás viendo? —le dije a Valentina.

Con movimientos rápidos, para no darle tiempo a que me estropeara la felicidad, rebusqué mi lámina en el desorden de los libros escolares. La alisé como pude a manotazos y fui corriendo a enseñársela.

—Me ha roto el dibujo, y se ha pasado la tarde escondido en el cesto para que no lo castigara.

Ella ignoró la lámina. Me puso las manos sobre los hombros y me zarandeó con la mirada.

—¿Cuándo, Claudia? ¿Cuándo ocurrió todo eso?

—Hace dos años —dije sin pensar.

Y me encontré de pronto a la intemperie. El círculo mágico que me rodeaba se había desvanecido y volvía a pisar el mismo suelo que Valentina, de tarimas largas y sedientas, en una buhardilla abigarrada, donde se producían hechos extraños que ni ella ni yo podíamos comprender.

—¿Dónde estamos?

Hablé en voz baja. La luz que caía entre las vigas trazaba

senderos polvorientos en el aire y planeaba sobre el silencio. Sirio acudió mansamente a tumbarse a mis pies.

—En el pasado —respondió Valentina—, donde están los cuadros de mi padre y donde se quedó tu perro.

Ni por un instante lo puse en duda. Allí estaba ella, ajustándose a la muñeca un reloj prodigioso, olvidado algunos años antes en la geografía de otro continente. Allí estaban los cuadros invisibles, exhalando ese olor aceitoso a pintura reciente. Allí estaba Sirio, confiado y dichoso, bajo la caricia de mi mano.

—Me quedo —decidí.

Valentina se volvió a mirarme. Nunca he sabido el motivo por el cual sus ojos adquieren a veces tanta relevancia, como si aumentaran de tamaño según la ocasión.

—No puedes quedarte.

—¿Por qué no?

Abrió las manos. Debieron ocurrírsele multitud de ideas pero apenas acertó a expresar alguna.

—Tenemos mucho qué hacer.

Me senté en el suelo, apoyé la espalda contra las vigas y eché una ojeada alrededor. Vi muchas más cosas de las que allí había.

—Aquí no se estaba mal —comenté—. Mi hermano era más cariñoso conmigo y mis padres se peleaban menos.

Apreté el morro de Sirio, y él, dormitando, movió la cola.

—Y, sobre todo —añadí—, no estoy dispuesta a separarme de Sirio.

Ésa era una razón de peso. Valentina la consideró unos momentos, pero no la dio por válida.

—No creo que sea posible quedarse en el pasado —recapacitó—. No conozco ningún caso. Una historia así hubiera salido por televisión.

De todos modos, no hice ademán de levantarme.

—Voy a intentarlo —dije.

Todavía permaneció un rato conmigo, sin decir nada y sin hacer nada, como esperando; después se dirigió hacia la puerta.

—Yo me marcho —determinó—. No estoy cumpliendo los años de dos en dos para luego perder el tiempo a lo tonto, quedándome en el pasado. —Se detuvo ante la puerta y ladeó la cabeza para dirigirse a mí—. ¿Irás mañana a clase?

—Supongo que no —contesté—. Cuando era pequeña iba a otro colegio que estaba más cerca de la casa, y que tenía una galería muy bonita donde salíamos a jugar los días de lluvia. Supongo que iré allí.

De repente me entró sueño, tal como me sucedía por aquella época, cuando me quedaba dormida en cualquier parte al anochecer para despertarme a la mañana siguiente, de una manera que se me antojaba misteriosa, en el cobijo de mi propia cama.

—Claudia —oí a Valentina—, no se puede abrir la puerta.

—No está cerrada —dije.

—Cerrada —insistió—, como una losa.

—Tú tienes las llaves.

—No sirven de nada —afirmó.

Fui a comprobarlo y era verdad. La puerta se había cerrado y de este lado no tenía picaporte ni cerradura. Era un bloque inexpugnable de madera maciza.

—Habrá que quitar las bisagras.

—¡No, espera! —exclamó Valentina—. Hay otra puerta allí, detrás de la columna.

—¿Otra puerta?

—Te lo dije antes.

Se apresuró a mostrármela, semioculta entre la columna y un pesado armario de tres cuerpos. Era semejante a la anterior, algo más pequeña y estaba igualmente cerrada con llave. Valentina estudió unos momentos las que tenía en la mano, pero no se apreciaba ninguna diferencia entre ellas.

—¿Cuál será?

Metió una al azar y no consiguió encajarla; con la siguiente, la cerradura dio una vuelta. El sueño se me había disipado por completo. Acurrucado entre los cojines, Sirio continuaba dormitando. Di un silbido y acudió enseguida junto a mí. Ya no volvimos a mirar atrás. La cerradura giró por segunda vez. Entonces empujamos la puerta. ❖

Capítulo 4

❖ APENAS traspasamos el umbral, nos vimos ante un tramo de escalones anchos, muy pulidos, que ascendían directamente a una arcada franca, enmarcada en mármol, de una blancura tan deslumbrante que nos echamos hacia atrás, parpadeando, porque aún teníamos en los ojos la penumbra de la buhardilla.

—¿Dónde estamos?

—No lo sé. No conozco esto.

Subimos hasta el arco, de puntillas, y, cautelosamente, atisbamos el interior. Al fondo, sentado a una mesa de considerables dimensiones, entre muebles insólitos y aparatos de utilidad indescifrable, había un chico, algo mayor que nosotras, concentrado en el manejo de una computadora, de aspecto a cual más raro la computadora y él.

—¿Qué estará haciendo?

—¿Se lo preguntamos?

—Ni se te ocurra —susurré.

Y nos dedicamos a contemplar sin disimulo aquel decorado de

ficción, alumbrado por una luz cruda y potente que no supimos de dónde procedía, y a observar las actividades del chico con la curiosidad en aumento. Impacientes por llamar su atención íbamos pasando de los cuchicheos a los comentarios en voz alta, dejando escapar la risa; Valentina se cansó de esperar y aventuró un paso al frente.

—¿Podemos entrar?

—Sí —dijo el chico—, adelante.

Pero no cambió de postura ni levantó la cabeza. Desde más cerca, distinguí las figuras de los animales en la pantalla y la composición tan original que presentaba el cuadro.

—Parece que nos hemos perdido —dije entonces.

El chico volvió la cara hacia mí. Y se quedó mirándome, todo redondo, los ojos, la boca, los agujeros de la nariz, como si yo fuera la protagonista de una serie de televisión, o como si acabara de soltar una de esas tonterías que suelen escapársenos en las situaciones imprevistas. Pero estaba segura de que éste no era el caso. ¿Qué había dicho yo?

—Es que no hemos conseguido abrir la puerta de casa —añadió Valentina, a modo de disculpa—. Y no sabíamos que aquí hubiera otra vivienda.

Y el chico se dejó caer en el asiento sin articular palabra, porque se había puesto de pie con el sobresalto. Y allí estábamos, Valentina y yo, como dos ejemplares extrañísimos bajo la lente absorta del entomólogo; tan intimidadas por su actitud que ni siquiera nos atrevíamos a mirarnos.

—No puedo creerlo —balbuceó por fin con un intento de sonrisa—. ¿De dónde habéis salido?

—Del pasado —dijo Valentina alegremente.

—Ya se os nota.

En cualquier sentido que lo tomáramos, no era una observación muy amable. Por nuestra parte, nos guardamos muy bien de hacer ningún comentario sobre el disparate de su peinado y los imposibles adornos que llevaba encima. Eché una ojeada a Valentina para ver el aspecto que presentaba y hasta qué punto nos habíamos ensuciado con el trasiego de la buhardilla. Pero un detalle de mayor importancia dejó sin relieve a todos los demás.

¡No llevaba puesto el reloj! De buenas a primeras, sin ninguna razón que lo justificara, había desaparecido de su muñeca. Yo era testigo de que no se lo había quitado al entrar ni lo había dejado en ningún sitio. Sencillamente, el reloj de las buenas horas había regresado al país de los recuerdos.

Entonces me volví como un rayo buscando a Sirio y retrocedí a trompicones hasta la arcada. Me asomé al rellano. Doblé el cuerpo sobre la barandilla. Lo llamé por su nombre. Una vez. Dos veces. Nadie me respondió; tan sólo el reflejo de mi propia figura en el silencioso brillo de las escaleras.

Sirio no estaba allí.

Tardé un poco en regresar. Vi que el chico me observaba a distancia con un asomo de inquietud, intentando averiguar, probablemente, cuáles eran los pensamientos que me lastraban el paso.

—¿Esperáis a alguien? —quiso saber.

—No —respondió Valentina—, venimos solas.

Estaba apoyada en uno de aquellos aparatos de superficie satinada y finalidad incógnita, que producía un zumbido muy tenue, apenas audible. Lo noté por las vibraciones.

—Queríamos bajar a la calle —añadió—, pero no hemos encontrado la salida.

—Os acompaño luego —se ofreció el chico—. No hay prisa.

No tenía que decírnoslo. Nada nos parecía más urgente que quedarnos a disfrutar de aquel sitio fabuloso. Una puerta alta y traslúcida se abría a la derecha, bajo otra arcada de mármol. Y entreví una más, de madera vieja y deslustrada, semioculta en el ángulo que formaba la pared.

—Pues ésa no es la puerta por la que entramos —reflexioné poniendo en duda mi sentido de orientación.

El chico siguió la dirección de mi mirada.

—No habréis hecho un viaje tan largo para marcharos nada más llegar —apuntó.

Lo dijo sin ironía. Como si hubiéramos llegado realmente de un lugar muy lejano. A continuación abrió un mueble espectacular y nos ofreció batidos de frutas. Manzana para Valentina y naranja para mí. La nevera era futurista.

—¡Bien! —exclamó Valentina—. Esto es mucho mejor que tu casa imaginaria.

—¿Qué casa es ésa? —preguntó el chico.

Pero yo no estaba dispuesta a someterme a un interrogatorio, cuando tenía, por mi parte, tantas preguntas qué hacer.

—Vivo aquí al lado —me apresuré a aclarar para ahorrarme otras explicaciones—. Ella es Valentina y yo soy Claudia.

—Sé perfectamente quién eres —me atajó—. He visto muchas fotografías tuyas.

—¿Fotografías mías?

Eso sí que era algo inesperado. Sin duda alguna estaba confundiéndome con otra persona.

—A montones —dijo el chico—. Llevabas esa ropa ridícula y ese horrible corte de pelo.

Me quedé mirándolo con los ojos boquiabiertos.

—¿Qué le pasa a mi corte de pelo?

—¡*Puf!* —hizo el chico—. Da risa.

Y se dirigió a Valentina, con una deferencia que a todas luces no usaba conmigo.

—El tuyo me gusta más —le informó—. Un peinado clásico. Estás igual que en el cuadro.

—¿Me conocías? —preguntó Valentina.

—¿Quién no te conoce? —dijo el chico.

Y ella se echó a reír. Se había encaramado sobre el aparato, con las piernas recogidas, y no se daba cuenta de que estaba vibrando de la cabeza a los pies.

—¡Estupendo! —celebró—. ¿Has oído, Claudia? Somos famosas en el barrio y no nos habíamos enterado.

—No sólo en el barrio —precisó el chico—. El *Retrato de Valentina estudiando su lección* ha dado la vuelta al mundo.

Nos quedamos pasmadas. Pensé que aquél podía ser un caso de sueño simultáneo; que Valentina y yo estuviéramos soñando lo mismo. Ocurre algunas veces cuando se trata de amigos íntimos.

El chico, entre tanto, bebía tranquilamente su batido de frutas. Y aunque era el que más hablaba no acababa de desconectarse de la computadora. Volvía a desplazar el punto luminoso para localizar una figura en la pantalla, ampliaba la silueta de un galápago y, de repente, con un toque del cursor, la hacía desaparecer en las profundidades del mar. Nosotras lo veíamos sin mirarlo, rumiando palabras imposibles.

—¿Pero qué has dicho? —le acucié.

Y él, en el tono cansino de un niño al que obligan a repetir una gracia delante de los invitados.

—Que el *Retrato de Valentina* lo conoce todo el mundo.

—Estás de broma —dijo Valentina.

Porque sabíamos con certeza, Valentina y yo, que su retrato se había quedado en el tibio albergue de los recuerdos, con los libros de cuentos recién estrenados y el primer reloj que nos partió en gajos el día.

El chico no contestó. Seguía atentamente las alteraciones que él mismo introducía en la pantalla. Rectificaba la situación de los corales. Desbarataba la apacible hilera de langostas que desfilaban por el fondo. Una nube de pececillos minúsculos surgía de las cavidades de la roca.

—Es precioso —comenté—. Yo también dibujo animales, pero lo que mejor me sale son los autobuses.

—Y los quioscos de periódicos —terminó el chico con acento de fastidio—. No empieces otra vez con tus historias.

¿Qué historias? Yo no había visto a aquel chico en mi vida, y jamás había tenido la oportunidad de aburrirle con mis historias.

—¿Qué no? —insistió sin despegar las manos del teclado—. Estoy harto de oírtelo contar. Siempre los mismos rollos.

Mi computadora particular se puso rápidamente a proporcionarme datos, informes, explicaciones lógicas a la actitud de aquel desatinado. Quizás hubiera escuchado mis conversaciones fantásticas de hace unos años por el teléfono rojo. Puede que espiara las discusiones ecológicas con los gatos en el tejado. ¿Me habría oído inventar canciones a través del tabique?

Valentina, sin duda, le resultaba más simpática que yo. Con toda paciencia, se puso a explicarle el cometido de aquellos artefactos cuya existencia ni siquiera habíamos sospechado y cuya utilidad no habíamos echado nunca de falta. Se rió de mí porque confundí chip con circuito y no pude definir exactamente lo que era el bip.

—Luego no vengas a contarme que tú, a mi edad, eras una estudiante aventajada y que tenías muchos más conocimientos que yo.

¿Y por qué iba yo a contarle esas cosas?

—Y además, mira, te lo digo para que vayas haciéndote a la

idea. No pienso en lo más remoto dedicarme al arte. Ya lo he decidido y voy a ser dentista.

¿Y a mí qué me importaba?

—Dentista —comenté de todos modos—. No correrás grandes aventuras. Y cuando se dispone de aptitudes como las tuyas...

Me interrumpió sin miramientos. Hasta levantó la mano del teclado.

—Se gana dinero.

¡Qué chico! Sólo pensaba en el dinero.

—¿Quién vive decentemente con el arte? —seguía diciendo—. Para eso no basta con el verdadero talento. Hay que ser reconocido; atreverse a pintar el *Retrato de Valentina* y ser capaz de llevar a cabo una obra como ésta.

Certeramente, con los ademanes de la gente que sabe lo que quiere, seleccionó un disquet. El reflejo de una auténtica obra de arte se proyectó en la pantalla.

—¿Qué es eso? —preguntó Valentina.

Y noté, por la voz, que se le estaban paralizando los pensamientos.

—Un cuadro de tu padre pintado en España hace treinta años. Estamos haciendo un trabajo sobre él en clase de sociales.

Era como un brujo que tuviera el poder de convocar escenas asombrosas en la bola mágica. La muestra de una obra incomparable iba apareciendo ante nuestros ojos maravillados.

—Éstos fueron pintados años más tarde, en la época de los

Balcanes. Pero lo mejor de su creación lo está consiguiendo en África.

—¿En África?

Apartamos la vista de la pantalla porque nos faltaban las fuerzas para sostenerla en ningún sitio. Jamás hubiéramos supuesto que la vida llegara a ser tan desconcertante.

—Mi padre ha dejado de pintar —dijo Valentina con voz grave.

—Sí, ya lo sé —admitió el chico. Él parecía saberlo todo—. Pasó una mala temporada. ¿Quién no la pasa? Pero la exposición del cuadro de Valentina fue el talismán que le abrió las puertas del mercado y le ha permitido realizar toda su obra.

Ya no importaba nada más: dónde estábamos, ni con quién, ni en qué fecha impensada del calendario.

—Ese cuadro ya no existe —reconsideró Valentina—. Sería imposible exponerlo.

El chico se adelantó hacia ella, se le metió por los ojos, la sonrió. Tuve que reconocer que era simpático a pesar de todo.

—Fue posible —afirmó con autoridad—. Lo fue.

Aunque ni Valentina ni yo supiéramos cómo.

Y él no se mostraba inclinado a darnos más información. Se desperezó contra el asiento, estirando los brazos, y se incorporó de un salto. Iba descalzo, y no estaba muy bien educado, ésa es la verdad.

—¿Y tú cómo te llamas?

—Claudio —dijo. Y se sonrió.

—Claudio —repetí—. Qué casualidad.

—No fue casualidad —precisó tranquilamente—. Tú te empeñaste en ponerme ese nombre.

Era un chico de ideas fijas, un maniático. Le había entrado la obsesión de responsabilizarme a mí de todos sus asuntos.

Se puso a hacer ejercicios gimnásticos con uno de aquellos aparatos que emitían zumbidos inaudibles, y enseguida saltó otra vez al suelo.

—Ya está bien —se quejó—. Llevo toda la tarde aquí encerrado. Vámonos a dar una vuelta.

—¿Por dónde?

No se detuvo a pensarlo.

—Por el Retiro —nos propuso—. Todavía existe.

—Claro que existe —dije yo—. Los domingos suelo bajar a oír a los músicos. Algunas veces remamos en el estanque.

—Ahora es distinto.

¿Ahora? Esa precisión hizo desbordar el caudal de todas las dudas que me habían ido ocupando en aquel tiempo sin calendarios. ¿Su ahora no era el mismo que el mío?

—¿Qué quiere decir ahora? —le pregunté.

Y él estaba contemplándome con una suave expresión de burla no exenta de ternura. Alargó la mano como si fuera a hacerme una caricia, pero no pasó de la intención.

—¿Cuándo es ahora? —apremié.

—Echando cuentas sin calculadora —vaciló— ...treinta años más de los que tienes.

¿Estaba diciéndome que nos habíamos introducido por las buenas en el futuro, sin el trámite obligatorio de los cumpleaños? ¿Que íbamos a tener ocasión de ver las calles de la ciudad, sus edificios y sus tiendas, los últimos modelos de vehículos, tres generaciones después? ¿Que podríamos conocer las noticias del mundo con treinta años de antelación?

¡Fantástico!

—¿Hasta ahora no te habías dado cuenta? —preguntó Valentina.

—Pues ya no tienes que cumplir los años de dos en dos —le contesté.

Pero se le veía en la cara que tampoco era eso lo que ella quería, y no accedió a acompañarnos sin ponernos sus condiciones: "sólo un paseo y nos marchamos a casa", porque no estaba dispuesta a quedarse en el futuro sin haber hecho antes su recorrido por el presente, por apresurado que fuera, y la revelación de lo que iba a ocurrirle a su padre le había hecho depositaria de un importante cometido que de ninguna manera podía eludir.

Yo, en cambio, estaba considerando seriamente la posibilidad de instalarme en ese periodo de mi historia; según lo que viéramos por la calle, me decía, según lo que encontrara al salir. Era probable que los gobiernos de las naciones hubieran solucionado ya todos los problemas de la humanidad. Que hubieran terminado los padecimientos que causan el hambre y la contaminación, y cada

cual hubiera aprendido a respetar a su vecino. Tiempo no les había faltado para arreglar las cosas.

—Id bajando —dijo el chico—. Voy a apagar los interruptores y enseguida os alcanzo.

Y Valentina se fue sin vacilar hacia la vieja puerta de madera. No vio la otra salida bajo la arcada de mármol que se abría a la derecha. Como si no existiera. Iba tan decidida que di por sentado que conocía el camino y ni por un momento dudé en seguirla. Estaba impaciente por asomarme al mundo con treinta años de anticipación. Y no era la primera vez que me pasaba algo semejante; seguir los pasos de otro por no pararme a pensar. No tuve ocasión de arrepentirme. Valentina probó las tres llaves y la puerta se abrió con la tercera. Nos alcanzó, en el vano, un grito de alarma.

—¡Esa puerta no!

Entreví la figura del chico precipitándose hacia nosotras, en un desesperado esfuerzo por detenernos.

Pero ya era tarde. La puerta se había cerrado a nuestra espalda, y la distancia que nos separaba, tan leve, se había hecho insalvable.

El aire cobró otra densidad. Los sonidos se volvieron más hirientes y sentí un poco de frío. Estábamos a oscuras.

Como dos animalillos acorralados, tanteamos el batiente sin esperanza. Ningún rastro de luz se filtraba del otro lado. Ninguna voz.

—Es inútil —dijo Valentina—. Ya no hay forma de regresar.

La silueta de un ventanuco fue dibujándose en la pared como si surgiera de un sueño, y una claridad mortecina se extendió por el entorno delineando el quebrado perfil de las escaleras. Se dejaba oír muy cerca el rumor de un aguacero y el tráfago de la circulación. Alguien encendió una luz y nos interpeló con aspereza desde un piso más abajo.

—¿Quién anda ahí?

Nos asomamos por la barandilla y vimos a un hombre, con la cara levantada, que vestía un mono azul.

—Es el conserje de mi casa —me dijo Valentina.

Y se inclinó un poco más hacia él.

—¡Soy yo! —le voceó.

—Ahora mismo estaba tu padre preguntando por ti.

Le oímos trajinar recogiendo las basuras, mientras íbamos bajando con movimientos muy lentos, como si acabaran de encenderse las luces del cine después de una película fabulosa.

—Lo prefiero —dijo de pronto Valentina en tono rotundo—. Prefiero estar en el presente aunque tenga que cumplir los años de dos en dos.

Pero yo no me sentía tan conforme. Hubiera querido, al menos, echar un vistazo a la ciudad, hablar con la gente, escuchar la radio; enterarme de acontecimientos remotos que van a producirse sin que nadie lo espere.

—¿Te diste cuenta? —observó Valentina—. Ese chico te trataba bastante mal. Apostaría cualquier cosa a que era hijo tuyo.

Me volví como si me hubiera picado una avispa.

—¿Ese? Ese qué va a ser hijo mío. Yo no quiero tener hijos así. Yo los quiero pequeños.

—No era tan mayor —respondió Valentina conciliadora—. Sólo tendría dos o tres años más que tú.

—De todas formas. ¿Dónde has visto que un hijo sea mayor que su madre?

—Entonces, ¿por qué te conocía?

—Quién sabe —aventuré—, a lo mejor yo también llego a ser famosa.

Estábamos en el portal. Fuimos a las escaleras interiores y bajamos hacia el sótano.

—Además —zanjé la cuestión—, que yo no pienso tener hijos. ❖

Capítulo 5

❖ EL FRÍO del sótano no era más que un anticipo de lo que nos estaba esperando. Tan pronto como entramos en la vivienda noté ese ambiente helado que precede a las broncas familiares. Todo el mundo permanecía en silencio. Los hermanos se apiñaban en un banco, dispuestos para la cena, y su madre iba sirviéndoles los platos. La luz de una bombilla agrandaba las sombras de las paredes.

—Vengo con una amiga —anunció Valentina.

Y su padre se dirigió a nosotras con tal vehemencia que me arrepentí en el acto de encontrarme allí. Hubiera preferido sin dudarlo una bronca del mío, a tener que afrontar otra, de técnica desconocida.

—¿Tú sabes la hora que es?

—Nos hemos extraviado —se disculpó Valentina—. No llevábamos reloj.

—Hace media hora que debía estar en el trabajo —añadió su padre—, pero no podía marcharme sin que hubieras vuelto a casa.

A pesar de la firmeza de su acento, de no haber sabido quién era, lo hubiera tomado por el hermano mayor. El otro, el auténtico, ya había empezado a comerse las catorce mandarinas. Su madre anduvo viva para quitarle el cesto de las manos.

Valentina no perdió la entereza. Tenía una tarea que llevar a cabo y no estaba dispuesta a dejarla para más tarde.

—No debes acudir a ese trabajo —le dijo a su padre con dulzura.

Todos los hermanos, a un sólo movimiento, se volvieron a mirarla con hostilidad. Y no les faltaban razones. Había un delicioso estofado de verduras humeando sobre la mesa. Tocaba, a cada uno, un tarrito de yogurt del sabor que eligiera. Los tres pequeños acababan de comprarse zapatos nuevos y un sacapuntas de plástico amarillo. ¡Y aquella irresponsable pretendía poner fin a tanta abundancia!

El padre esbozó una sonrisa; alcanzó una linterna que estaba junto a la pila, y la guardó con las llaves en una bolsa de lona.

La madre se mantenía en silencio, pero nada de cuanto estaba ocurriendo escapaba a su atención. Me vio tiritar de frío y encendió otra vez la placa de la cocina. Era, desde luego, la madre más joven que había conocido en mi vida, y ya se le adivinaba, sin embargo, la sabiduría de una abuela.

—No hagáis ruido mañana —pidió el padre antes de salir.

Y Valentina se le plantó delante. A pesar del retraso, él no se impacientó. Se quedó observándola con aire intrigado.

—No debes volver a ese trabajo —repitió Valentina—. No es eso lo que tienes que hacer.

—¿Y qué tengo que hacer?

—Enseñar a la gente mi retrato.

La sonrisa cansada de su padre se transformó en una mueca de desencanto.

—Estoy de acuerdo contigo —insistió su padre—. Yo también considero que eres preciosa, pero siempre te quedará la posibilidad de mirarte en el espejo.

—No se trata de eso —aclaró Valentina—. Cuando la gente lo conozca podrás pintar todos los cuadros que quieras.

—El retrato ya no existe —dijo el hermano de las mandarinas.

Y ésa era la cuestión. Ése era el asunto que a mí me tenía verdaderamente preocupada.

—El retrato existe —le corrigió su padre—. Si quisiera, podría ponerle un marco y exhibirlo en una galería de arte.

Di un paso hacia él. Tropecé con un cachivache.

—¿Se puede hacer?

Entonces me miró y me sentí bien. Sentí que estaba formando parte de algo que valía la pena.

—Con un disolvente suave y el tacto necesario —asintió—. Basta con limpiar la capa de pintura que lo está cubriendo.

—¿No se dañará el retrato?

—No. Tuve la precaución de protegerlo con una capa de barniz, antes de pintar encima.

De modo que ésa era la solución. Magnífico. Había que admitir que el chico del futuro sabía de lo que estaba hablando.

—La pintura de la selva todavía está fresca —añadió el padre de Valentina—. Saldría fácilmente.

Y todos mis temores se habían desvanecido sin dejar rastro, de la misma manera que se borraría el cuadro de la selva y resurgiría, radiante y predestinado, el retrato de Valentina. Ya no había ninguna sombra que enturbiara mi confianza. Tenía la certeza absoluta de que se haría así.

—Pero no lo haré —concluyó el padre de Valentina—. No sacrificaré mi mejor obra para sacar a la luz tu retrato.

Y no podía comprender el motivo de nuestra alegría, cuando él

no hacía más que llevarnos la contraria; ni que nos entrara a las dos un hambre repentina, y reclamáramos a gritos nuestra ración de verduras, haciéndonos sitio a empujones, entre el estupor de los hermanos y la benevolencia de la madre.

—No sé lo que estaréis tramando —dijo el hombre desde la puerta—, pero os advierto que no voy a entrar en el juego.

¿Cómo iba a figurarse que nosotras estuviéramos jugando con ventaja?, ¿que conociéramos de antemano el brillante final de la partida?

—Da igual lo que digas —zanjó Valentina con una seguridad de pitonisa que dejó boquiabierta a toda la familia—. Dentro de treinta años tus cuadros habrán dado la vuelta al mundo, y tú estarás pintando en África lo mejor de tu obra.

Entonces, en el silencio reverencial que siguió a esas palabras, el hermano más pequeño levantó un dedo.

—¿Y yo podré tomarme dos vasos de yogurt?

—Sí —le prometió Valentina entre carcajadas—, tan pronto como papá limpie mi retrato. ❖

Capítulo 6

❖ TARDÓ algún tiempo en llevarlo a cabo, y convencerlo para que lo hiciera no resultó fácil. Era un hombre terco y estaba persuadido de que la pintura de la selva era su mejor trabajo. No digo que estuviera equivocado. Pero esto fue lo que sucedió. El *Retrato de Valentina* se expuso en una galería de arte, pocos meses más tarde, junto a las obras de otros pintores jóvenes. Esa misma noche, todos los hermanos de Valentina se tomaron cuatro tarros de yogurt por cabeza, incluida Valentina.

En cuanto a ella, lo que son las cosas; después de tantas protestas en la casa imaginaria, tanto exigir divanes de terciopelo, no tuvo inconveniente en seguir usando durante mucho tiempo aquel viejo suéter gris, cien veces lavado y relavado, que le daba un aspecto de vagabunda pulcra y despertaba las suspicacias de mi madre.

—¿Quién era esa chica que venía contigo?

No hacían falta más palabras para que yo entendiera lo que realmente quería decir.

"¿Quién era esa chica que llevaba un jersey desteñido y unas zapatillas baratas? No parece una amistad conveniente para ti."

—¿Valentina? —y pronuncié su nombre en tono desafiante—. ¡Es la hija de un pintor famoso!

—¿Famoso? ¿Qué pintor?

—¡Será posible! —me escandalicé—. Todo el mundo lo conoce. Su nombre viene en las enciclopedias y lo han entrevistado en todas las cadenas de televisión.

Sólo estaba adelantándome un poco a los acontecimientos. Ese fin de semana iban a hacerle la primera entrevista en la segunda cadena de la televisión estatal.

—Ah, ¿sí? —se admiró mi madre—. No dejes de avisarme cuando la emitan.

Volvió a ocuparse, aparentemente, de sus revistas de economía, y yo alcancé un tomo de los comics que coleccionaba mi hermano. Pero no me dio tiempo de abrirlo.

—¿Y dónde te has metido toda la tarde?

—Fui un rato a la casa imaginaria.

—¡Ya está con sus mentiras! —saltó mi hermano—. No hay nadie en el mundo que viva en una casa imaginaria.

—Porque tú lo dices —le contesté.

Me hizo una mueca desdeñosa y se puso los audífonos para oír música. Yo me quedé tumbada en el sofá.

—Claudia —llamó mi madre—. ¿Dónde está esa casa imaginaria?

Simulé no haberla oído. Concentré mi atención en las viñetas y me eché a reír.

—Claudia —insistió mi madre.

—Tú no conoces la calle —respondí—, y el edificio no te gustaría.

—¿A qué te dedicas cuando estás allí?

—A veces dibujo; leo un libro. Tengo que cuidar a un montón de gatos.

—¿Y eso no podrías hacerlo aquí?

—No —le contesté. Y eché una mirada a mi hermano—. Él nunca deja de molestarme y mi padre y tú os pasáis la vida enfadados.

A final de semana, cuando el *Retrato de Valentina* se reprodujo en casi todos los periódicos y su padre apareció, muy favorecido, en un primer plano de la pantalla, yo tuve la suerte de ganar un concurso de ilustraciones, organizado por el ayuntamiento, con un apunte de Sirio consultando de reojo el reloj de las buenas horas. La calidad de mi trabajo se vio algo discutida, pero todos coincidieron en

afirmar que Sirio era adorable. Hice varios amigos entre los amantes de los perros; hasta formé parte del jurado en un torneo de belleza canina, donde otorgué la máxima puntuación a cada uno de los participantes.

Entre unas cosas y otras estuve tan ocupada que los gatos de la casa imaginaria empezaron a buscarse la vida por otra parte, y no me quedó más remedio que llevarme a los rojitos al apartamento de mis padres, porque ésos eran los más tímidos y no sabían arreglárselas sin mí.

—¿De dónde los has sacado?

—De la casa imaginaria.

—Ya estamos.

Nadie quería oírme hablar de la casa imaginaria. Ni siquiera el padre de Valentina, tan complaciente con nosotras que nos permitía, de vez en cuando, revolver en su estudio, admirar los esbozos recién trazados, mezclar los colores en la paleta y ocuparnos, sobre todo, de subirle los lienzos, infinidad de lienzos en blanco para los infinitos cuadros que iba a pintar.

—¿Cómo se os ocurrió la idea? —nos preguntó una tarde—. ¿Por qué ese empeño en recuperar el retrato?

Se lo contamos por turno, Valentina y yo, tal como había sucedido y no quiso creernos. Movía la cabeza, mientras hablábamos, sin dejar de sonreír. Y nos dijo que éramos dos chicas extraordinarias.

—Acertasteis en la elección; eso fue todo. Habéis demostrado un criterio artístico fuera de lo común. —Pero no se preguntó cómo había tenido yo la oportunidad de manifestar mis preferencias artísticas sin haber visto nunca el cuadro de Valentina.

Y la historia se quedó ahí.

Un día, Valentina y yo nos dedicamos a hacer conjeturas sobre lo que podría pasar si volvíamos a abrir la puerta cerrada que hay en la buhardilla, y acabó por tentarnos la idea de probar otra vez. Todavía dudamos un rato, porque habíamos quedado con los del grupo para ir a montar en barca, y cuando al fin nos decidimos, no conseguimos encontrar las llaves por ningún sitio.

Valentina aseguraba que me las había devuelto, y yo estaba convencida de que era ella quien las había guardado. El caso es que no sabemos dónde están. Tal vez hayan ido a parar nuevamente a alguno de los cajones del armario, tan numerosos que nunca se acaba de abrirlos todos. Pero no puedo afirmarlo con certeza, porque en las últimas semanas he ido muy poco a la casa imaginaria. Este verano me quedaré una temporada en una granja-escuela y en el otoño empiezo un curso de dibujo, de modo que no voy a disponer de mucho tiempo para pasarlo allí.

Y como me gustaría que alguien volviera a encargarse de regar los geranios y de alimentar a las palomas, hace días que estoy considerando la idea de ponerla en alquiler. Lo mejor que tiene son las vistas, con la ventaja de que cambian según la mirada. Y es un refugio estupendo para un chico aficionado a los gatos. O para una chica a quien le guste contemplar las tormentas de noche con las ventanas abiertas de par en par. ❖

Índice

Este libro se terminó de imprimir y encuadernar en el mes de mayo de 1999 en Impresora y Encuadernadora Progreso, S. A. de C. V. (IEPSA), Calz. de San Lorenzo, 244; 09830 México, D. F. Se tiraron 5 000 ejemplares.